하늘로 가는
외딴집

하늘로 가는 외딴집 신탁균 시집

2013년 7월 1일 제1판 제1쇄 인쇄
2013년 7월 8일 제1판 제1쇄 발행
제1판 1쇄 발행부수 1,000부 | 총 1,000부 발행

지은이   신탁균
펴낸이   강봉구

기획   사십편시선 편찬위원회
디자인   page9 · bonggune
인쇄제본   (주)아이엠피

펴낸곳   작은숲출판사
등록번호   제313-2010-244호
주소   121-894 서울시 마포구 합정동 367-9
전화   070-4067-8560
팩스   0505-499-8560
홈페이지   http://cafe.daum.net/littlef2010
페이스북   http://www.facebook.com/littlef2010
이메일   littlef2010@daum.net

ⓒ 신탁균. shintak@hanmail.net

ISBN 978-89-97581-24-5 03810
값 8,000원

人人 사십편시선
007

하늘로 가는 외딴집

신탁균 시집

서편 노을에서 속울음 눈물을 닦던 손아, 자유새처럼 저항의 상징
이었던 돌멩일 들어 이젠 나의 손을 찍어라

가슴팍에 고인 검은 피를
불철주야
흘리고
또
흘리어

밤에서 밤으로 핀
선인장 꽃을 닮아라

잠언 또한 읽으리니
이슬 몇 개
공복에서 푸른 초장으로 뻗을 희망 있음이니

2013년 6월
충남 아산 송악에서 신탁균

차
례

● 자서 · 05
● 차례 · 06

제 1 부

가을의 양각   010

초가을 비 갠 후   011

가을 가랑비   012

겨울밤 고구마   014

할머니 젯날에 밭을 걸으며   017

새끼 염소 두 마리   019

아부지의 여행   021

매미울음   023

낮술   025

장마   026

회상   027

어릴 적 겨울밤   029

제 2 부

지심도에서	032
등대의 눈	033
태풍의 눈	034
그 후로 더 이상 불꽃을 피우지 않았다	036
어떤 낙화	038
해안의 눈	039
썰물	041
폐광촌에 들다	042
옥수수알 한 줌	044
평화 1	045
평화 2	046

제 3 부

돌	048
갈대 뿌리	050
그 광장을 찾아	051
오늘 하루는 이렇게 살고	052
강둑길	054
봄은 가야금 산조다	056
봄볕 속을 걸어	058

말의 길　　　　　　　　　　　060
어느 새벽에　　　　　　　　　063
아침 반달　　　　　　　　　　065
마음의 숲　　　　　　　　　　066

제 4 부

이끼　　　　　　　　　　　　070
낙화의 시간　　　　　　　　　071
오른발 왼발　　　　　　　　　073
절명의 순간　　　　　　　　　075
하늘로 가는 외딴집　　　　　077
북소리를 반추하다　　　　　　080
화심花心으로 내려가다　　　　083
부리의 연대기　　　　　　　　086
금강송은 새 보금자리를 짓는다　088
고드름　　　　　　　　　　　091
흔들린다　　　　　　　　　　092

● 발문(김동경 시인)　　　　　095

제

부

가을의 양각

맑은 하늘 쬐는 멍석 위 마른 고추거나

퇴비장 거름 가리며 보처럼 싸고 돈 넝쿨 속 늙은 호박
이거나

단 맛 번져 올라 얼굴 붉으레한 대추거나

어두운 고샅길 밝혀주는 호롱등빛 홍시거나

바람에게 고개 끄덕이며 인사하는 돌밭 수수거나

온몸 내어주는 벼이삭이거나

스스로 제 위치에 나와 서 있는

가을의 목숨들

초가을 비 갠 후

독사가
독 꽉 차오른 입 쩍 벌리고
개구리를 머리부터 통째로 삼키고 있다
남은 두 다리마저 부르르 떨면서 빨려 들어간다
나와 마주친 그 두 눈빛이
세상을 찌를 듯 서늘하다
두루미 한 마리
들잡풀 수북한 산 밑 웅덩이 중심을 향해 직진한다
진흙 속으로 몸 숨기던 미꾸라지
부리 양날 틈에서 비비 꼬다가
피 한 점 흘리지 못하고 죽어간다
살벌한 가을경관 뒤에서
짝짓기하던 고추잠자리
황급히 놀라 숲속에 몸 감추는
초가을 비 갠 후

가을 가랑비

생시 적 할머니
허리 닮은 봉분 속
무엇이 있는가
아버지 눈길이 머문 곳에서
증손자 증손녀 녀석들
무동 타고 올라가
발길질에
말도 타고
떼구루루 구르기도 하는데
살아생전에 힘들었다던
할머니 한마디쯤 들을 수도 있음직한
저 안과 이 밖의 경계
한때는 푸른빛의 생애로 청청하다가
이제는 기운 없이 빛바랜 잔디와
그것을 닮은 아버지 얼굴만이
늙은 산처럼 말이 없다가

눈가에 주름진 샛강이 흐르고,
속까지 까맣게 탄 후에야
툭, 툭 갈바람에 가슴을 여는 밤송이
몇몇 기억이 뒹굴고 있는
저 성묘 산길부터
나의 가슴까지
잠시 훑고 지나가는
가을 가랑비

겨울밤 고구마

1
퇴근길, 잊혀져간 이름이 되살아와 가슴에 와 닿는다
수척한 이마의 혈관 같은 네온사인 푸른 불빛 속으로
볼 것 못 볼 것 다 보고 있는 도시 가로수 눈발 속으로
가등 홀로 언덕을 오르는 주택가 골목 속으로
속속 파고드는 겨울 밤거리의 향기
겉을 태우며 속을 익히는
김이 뽀얗게 나는 군고구마

2
　까마득한 어린 시절 "애야, 그만 뛰어라 배 꺼질라." 할
머니 말씀대로 일찍 먹은 저녁밥이 쉬이 내려가던 겨울밤
엔 곧잘 눈이 오고 할머니 옛날얘기 보따리는 등잔불 밑
으로 스르르 풀어져 구슬처럼 술술 쏟아져 나오다가 배가
출출할 즈음 나는 방 한 구석 고구마가 담겨있는 가마니를

14

가리키며 "할무니, 날고구마 좀 먹을께유." 허기진 배 달
래듯 조르면 할머니는 "쌀 떨어지면 먹어야지." 단호하게
말꼬리를 자르시곤 마저 남은 이야기 끝을 맺으셨지 그러
면 어느새 눈은 수북하게 쌓여 뒤란 장독대를 뒤덮고 대추
나무 가지마다 눈꽃을 피웠지 할머니는 그제야 아무도 모
르게 옛날얘기를 들으며 구워진 방 한 구석 질화로 속의
군고구마를 까서 호호 불어 주시곤 하셨지

3
잠자리에 앉아
넓적한 옹기의 물을 먹고 자라는
새 생명을 본다
어미 고구마가 낳은
새하얀 아기싹
점점 키가 크는 자주빛 몸과

살포시 오므렸다 펴는 초록빛 연한 손

생전에 할머니 뵌 적 없는
손자며느리에게
안고 있는 아이에게
군고구마를 까서 주며
당신 이야기로
도시의 한 구석을 밝히는
퇴근 후 늦은 겨울밤

할머니 젯날에 밭을 걸으며

마을 뒷산 소나무 가지 사이 확성기로
잠시 켜졌다가 사라지는
이장님의 부고 방송처럼
마을 어르신 중 한 분이
오늘 또 먼 길 떠났습니다
겨울에 삭신은 늦게 썩는다고
이맘때 쯤 어느 해 늦겨울
동녘 양지 산에 자리잡은
할머니 살아 생전 모습 떠올리며
개화기때부터 구십평생 넘게
손 때 절은 할머니 밭을 스쳐 지납니다
할머니의 며느리 어머니의 손길이
겨울을 물리쳐 오늘은 저기 저렇게도
후끈하게 가꾸어낸
청보리와 마늘싹들
두평 반쯤 돼지파도 한몫 푸릅니다

할머니를 덮던 그 첫 삽 그 흙은
여기에도 이리 붉어
봄은 그렇게도
피멍부터 붉히며 오는가 봅니다

새끼 염소 두 마리

피붙이들 떠나보낸 산촌

빈 집

샛문만 삐끄덕

벼 벤 다랑논에 서서
우두커니
홀로 바라보는 서편 노을

아버지
그렇게도 적적하신가요

휜 허리 뒷짐 지고 걷던 그 길로
고추 산 돈 털어
헛간 옆에 들여 놓은

암놈
수놈
새끼 염소 두 마리

아부지의 여행

여문 가을 올 해에도 논에 들어가 어김없이 추수한다 항상 그래왔듯 나는 아부지 꽁무니만 쫓는다 꾸부정한 아부지는 기운은 없어도 늘 앞장 선다 움푹하게 패인 시름만큼이나 어지럽게 논을 누비고 있는 잰걸음의 발자욱들! 아부지를 닮아 먼저 깨어 새벽창을 열고 마중 나오던 무논! 한때의 기억이 스멀스멀 뱀처럼 기어 나와 아부지 발목을 문다 아악, 파란 독은 이른 아침 논둑길 콩대에 서려있는 이슬 떨기처럼 아부지 종아릴 적시며 타고 올라갔다

콤바인 기계를 통해 나오는 수많은 아버지 분신들! 이제 그는 자신의 거처로 가지 못하고 우시장에 팔려가는 소의 하얀 울음처럼 먼 여행을 떠난다 이따금 들려오던 오솔길 음유시인의 중얼거림도 더 이상 듣지 못하고

때로 강남 타워팰리스 옆의 판자촌 불이 켜지지 않는 마을 포이동 주민에게 따뜻한 사랑이 되기도 하였다

때로 서울역 노숙자에게 하루의 양식이 되기도 하였다
때로 풀뿌리 캐는 북녘땅 청진의 한 소녀에게 새하얀 생
명이 되기도 하였다

드디어 그는 새롭게 작명하고 시장에 나선다 간혹 일간
지와 텔레비전 광고에서 가슴 속살 하얗게 내놓고 나온다
그러나 반기는 이가 적다 한때 그는 최고였고 그가 아니면
살 수 없던 시절이 있었다

대도시 한 복판의 달은 고향의 달이 아니다 빛이 없다
동공 풀린 희멀건 달이 주방 창문에 와서 기웃거린다 그는
감전된 몸처럼 부르르 떤다 하얀 떨림의 노래 한 소절 남
기고 가는 것처럼 자신의 한 생애를 지우며 연기를 모락모
락 피워 올린다 찬밥 신세가 되어 쓰레기통에 분리수거가
될지도 모를 그는 가으내 머금던 이슬보다 더 많은 눈물을
한꺼번에 흘리고 있다

매미 울음

햇볕에서 일주일을 울기 위해
칠 년 넘게 땅 속 애벌레로 산다지요
그 매미 울음 자욱한 밭을
똬리 튼 수건 위 광주리 속
여름 땡볕도 이고
저녁 노을도 이고
한 손에는 호미 들고서
수없이 오갔을 날들
오늘처럼
아침 햇살 내리쬐면
어머니는 밀방석을 풀어
빛 붉은 햇고추를 널지요
장차 온 식구가 먹을 고추장 될 거라서
정성 듬뿍 더하지요
오십 년 넘게 흙물 밴 손등 마디마디
뜨락 수도에 손을 씻고

머리 수건 풀고
매미 울음 끌고
집안으로 들어오면
어머니의 며느리가 새벽부터 차린
칠순상을 받고서는
어머니,
잠시 멈칫 서서
눈물 머금고 있는지요
손자 손녀들이 재롱떠는
이 아침에

낮술

　일 년에 세 번 핀다는 토담 장미는 또 지고 붉은 꽃잎은
질척한 황토에 쌓여 또 썩고 야트막한 야산에 터를 잡고
사는 만석인 오늘따라 울상이더라 땅뙈기 하나 없는 까닭
에 날품 팔아 하루하루 연명하던 만석네 하루는 밀린 날
삯 받아 큼지막한 흑염소를 사더니 애지중지 키우더라 여
름 내내 산풀 뜯겨 살도 제법 찌웠거늘 뱃속엔 새끼도 들
였거늘 세상 사는 것은 예측불허더라 굵은 소나무 밑동 매
어 놓은 줄에 목이 칭칭 감겨 흑염소는 자진하고 오년쯤
후 흑염소 농장 사장이 꿈이던 만석인 화가 잔뜩 수심 가
득 "에라 술이나 한 잔 하자구. 그려 자 한 잔 받게." 얼큰
한 취기로 '인간만사 새옹지마'라며 문자까지 끌어다 쓰
고는 "그까짓 거 잘 되었어. 가마솥에 푸욱 삶아 가족끼
리 몸보신이나 허면 되지." 애써 제 실망 감추더라 우리
는 발개진 얼굴로 벌러덩 풀밭 위에 눕고 아직도 해는 중
천에 떠 있고

장마

　혼자 뒤꼍에서 마루로 마루에서 방으로 이리저리 심란
하다 마늘 몇 쪽 까서 방 한 구석 치워져 있던 반쯤 남은 소
주를 마저 마시곤 뿜는 담배연기 속으로 누구를 그리는 것
일까 미군에게 미국으로 시집간 큰 딸일까 원양 어선 타고
태평양을 누비는지 살았는지 죽었는지 모르는 해병대 제
대 후 이십여 년 동안 소식 끊긴 소꿉친구 기철일까

　젊음 파릇하던 날에 장독 때려 부수던 혈기도 이젠 가
신지 오래 후두둑후두둑 퍼붓는 빗발에 공장 나간 마누
라 오는가 굽은 다리 절며 행길에 나서는 마을 어귀 집 기
철 아버지

　오늘도 잔업인가 봅니다

회상

어린 딸 아이 손 잡고 뒷산 푸르름을 함께 노니는데 자꾸만 아래로 손짓을 하네요 삭아 헐은 듯한 꺼먹 고무신 한 짝! 누가 흘렸을까 거기에 있네요 가슴 아린 그리움과 함께

초겨울만 되면 앞산 뒷산으로 꺼먹 고무신을 신고 솔방울을 따러 다녔지요 비료푸대 하나 가득 따가지 못하면 중학교 교감 선생님은 화장실 청소를 시켰고 부름 받은 담임 선생님은 종아리를 때렸지요 검정 교복 사타구니 밑으로 아픔이 쓰라려와도 곧 난로를 피울 수 있을 거라는 생각에 하루하루가 즐거웠지요 고대하던 눈발 날려 바람 세차오면 교감 선생님은 난로를 피우라 방송을 하셨고 우린 신바람이 나서 환호성을 질렀지요 반장과 주번은 창고에서 솔방울을 날랐고 소사 아저씨는 신문지에 불을 부쳐주었지요 총 정원 삼백 명도 안 되는 시골 학교 교실을 데우며 국어 선생님은 국어를 잘해야 나라가 산다고 가르쳤고 영어

선생님은 영어를 잘해야 국가가 산다고 가르쳤죠 우린 그
런 말에 귀를 기울이진 않고 도리어 쉬는 시간 난로 옆자
리 쟁탈전에 관심이 갔지요 어쩌다 난로 옆에서 점심시간
전에 수업을 받으면 직사각형 양은 찬밥 도시락을 난로 위
에 얹곤 살짝 물을 부어가며 데워 먹었지요 그러던 어느
날 방과후에 난로 청소 당번이 되어서 난로의 누런 녹을
기름으로 벗겨내다 처음 보는 암호 같은 문자들을 보았지
요 교실의 한 복판에 서서 삼 년 겨우내 학교를 지배하던
그 암호 같은 문자들을

  1950. U.S.A

어릴 적 겨울밤

꽁꽁 언 냇가 썰매를 지치던 동네 아이들이 그만 집으로 돌아갈 때가 됐는지 곰보 살얼음에 젖은 양말 옷가지를 들불 놓아 말립니다 짓궂은 사내 아이 어느 여자 아이를 울리는 동안 겨울 이른 해는 지고 산마을엔 성큼 어스름이 잦습니다 풀무 돌려 청솔가지 태우는 아래뜸 마을 어귀집 건넌방 쇠죽연기는 굴뚝으로 나오다못해 대문밖으로 꾸역꾸역 나오는데 벌써 저녁을 마친 마을 어른들은 위뜸으로 마실을 떠납니다 원두막을 뜯은 기둥들을 패어 사랑방 아궁이 가득 군불 지펴놓곤 두 패로 나누어 술내기 안주내기 한쪽에선 화투 다른 한쪽에선 윷을 놀다가 출출할 무렵이 되면 다들 둘러 앉아 밤참을 먹으며 남정들은 술도 몇 잔 걸칩니다 가가호호 영농자금 농협빚을 갚을 길은 막막한데 잠시 잠깐 해방감에 젖으면서 음악소리 높이면서 취기 오른 동네 어른들이 덩실덩실 춤도 추던 지난 어릴 적 겨울밤
긴긴 밤중 속절없이 함박눈만 내리면서 차령 산줄기가

몸 풀 듯 낳은 앞산 뒷산 그 새로 자리 잡은 산마을의 일 년
해는 그렇게 또 그렇게 기울어 갔습니다

제

부

지심도에서

깎아지른 절벽 틈 사이
다리에 온 힘 쏟아 부으며
애송 한 그루
몸 기댄 채 겨우 살아가고 있다

멀리서 싸래기 눈발이 그의 뺨을 후려친다

순간,
하늘 한쪽 북 찢기고 목숨 하나 위태롭다

등대의 눈

숭어가 튀어 오른다!

전망꾼이
빗바위 절벽에서 소리치면
몰이꾼은
그물 급히 올리고
뱃머릴 포구로 돌린다

멀리
매복호에서는
초병이 실탄 장전한 채 졸고 있다

태풍의 눈

남해 미조 해안으로 A급 태풍이 상륙한다

암벽에 부딪쳐 치솟은 파도가 산기슭을 덮는다

성냥개비 부러지듯 굵은 나무들이 꺾인다

외양간 문짝이 날아가고 흑염소 몇 마리도 폭풍우 속으
로 사라진다

독가촌
콘크리트 지붕 아래에서
숭어 툭툭 토막 쳐
고추장 풀고 해장국 끓이는 새벽녘
뱃사람들 다섯이 화투패를 돌린다
어둠 속 날리고 있을 푸른 잎사귀들처럼
천 원짜리 만 원짜리 밤새 떠돈다

날이 밝기만을 기다리며 연방 물고 있는 담배
방안 가득 자욱한 것이 어찌 연기뿐이랴
태풍이 쓸고 간 피조개 양식장
엉킨 그물처럼 산더미로 쌓인 근심은
난파한 배처럼 어느 바다를 부유하고 있을까
소주 몇 병 널브러져 있고
빈 병 속 잠긴 담배연기만큼이나
작은 방 숨 막힐 듯 고요하다

그 후로 더 이상 불꽃을 피우지 않았다

키 작은 솔숲 사단장 전용 헬기장이 있는 산머리에서 바라다보면 마을 지형은 꼭 남자의 거시기를 닮았다 파도는 움직일 줄 모르는 사내의 다릴 붙잡고 희디흰 거품 입가에 물며 밤마다 흐느꼈다 군복 입은 서울 사내에게 짓밟히고 십 년이 넘도록 말 없는 공판장 처녀가 꽃이 피면 들꽃 한 송이 귀밑머리에 꽂고 달빛 아래 솔밭길을 산책했다 이따금 들고양이 무리들은 썩은 바다고기 물고 방풍림 사이를 오가며 울음소리로 마을의 적막을 깼다 매복호의 초병들도 간첩 잡는 놀이에 지쳐 중대장 몰래 소주 한 병에 추억 뜯는 시간이 더 좋았던 해안 밤근무 광양 제철소 준공식에 대통령이 뜬다고 하여 일주일 앞둔 날부터 경계 근무는 A형으로 전환되고 방위나 현역을 망라한 모든 사병들이 오침 시간도 없이 주야로 보초만 서던 그 어느 날 밤 자정 넘어 새벽 한 시쯤 일명 '좆끝'이란 이름의 남해 물건마을 좌선1호 1급지 매복호 안에서 소대장은 무엇을 보았던 것일까 M16 자동소총과 M60 다연발 자동화기를 차례

로 들고 바다에다 불을 뿜었는데 총소리와 수류탄 폭발음
에 물건마을 집들마다 발딱발딱 일어서고 고요하던 바다
출렁출렁 흥분하였는데 그 광경은 꼭 사내의 거시기 끝에
서 꾹 꾹 참다 나온 불꽃이라고나 할까 피조개 양식장 지
키려 밤배 몰던 이 마을 주민만 혼쭐이 나서 식은땀에 실
성한 듯 울먹이고 그 돈키호테 소대장의 영웅담을 뒤로한
채 좌선1호 매복호는 폐쇄되어 잡풀만 무성하게 자라났다
봄만 되면 후끈하게 부풀어 오르던 뻘건 황토 진입로도 어
둑하게 사라졌다

어떤 낙화

　미조 북항 두 해안선 가랑이 사이에서 쑤욱 빠져나온 물
새알 같은 작고 둥근 섬 미조도 동백꽃이 절경이다 동백꽃
이 지천이란 갯사람들 소문에 귀가 번쩍 뜨였다 뱃주인 가
로되 "저 섬이 전엔 왜놈 소유였는데 지금은 서울 어떤 재
벌끼라예." 막상 배를 대고 내리니 어느 서양 동화 속 멋
진 성처럼 나무별장이 으리으리하다 근데 웬걸 송아지만
한 불독 두 마리 험상궂게 달려들어 죽자 살자 나무에 올
라탔더니 피다만 동백꽃이 우수수 떨어졌다

해안의 눈

샛바람에
연초록빛 떡갈나무 새순들이
한꺼번에 잠에서 깨어나 속삭이는
숲그늘

홀로
펀펀한 바위에 앉아

그물 깁던 일도
나물 뜯던 일도
까맣게 잊고

정지한 시간 속
천지간 망부석이 된 듯

은백색 햇살 톡톡 튀며 반짝이는

절벽 아래 창망대해

그 먼 수평선을 망망하게 바라보는

포구 아낙

꺾인 뱃길 아래
수심으로 가라앉는 눈빛

썰물

북항 지나
뒷산 초입
밤꽃 향내 가실 즈음
대숲으로 둘러싸인 외딴집
달그늘이 서성이는 나무 아래
마당 한 구석 수돗가
물질 끝낸
해녀 고무옷을 벗어 놓고
어둑살에 등 기댄 채
웃옷 단추 풀며
쭈그리고 앉아
받아 놓은 대야 물을 바가지에 퍼담고서
오목가슴 한 복판에 뿌리고 또 뿌린다
쓸어내리듯이
가라앉히듯이

폐광촌에 들다

먹구름이 암막처럼 드리우고
싸락눈이 바늘침 같은 독설을 뿌린다
불쑥불쑥 잔돌 솟은 길이 막장처럼 시커멓다
탄맥처럼 길꼬리를 물고 일어나는 생각
길은 지금까지 많은 것을 기억하고 있으리라
처음 갱도가 열리고 레일 놓이던 날에
광부의 안전모 캠프 불빛은
얼마의 희망을 채탄하였을까
수갱이 깊어지면 깊어질수록
탄차에 실어 보내고 싶은 광부의 시름은
얼마의 무게로 운반되었을까

산기슭 빈집들
삭은 슬레이트 지붕은 위태롭고
낡고 뒤틀린 문짝 떨어져 마루에 뒹군다
벽에 기우뚱 걸린 시계 분침은 더 이상 가질 않는다

내 작은 키가 닿을락말락한
쥐구멍 숭숭 뚫리고 낮게 주저앉은 천장
검은 혈흔처럼 곰팡이꽃은 피었다가 지고 또 피고
전기 끊긴 지 오래 된
이 빈 집은 이제 미물들만의 거처
풍문처럼,
바람은 흉흉한 세월의 문지방을 닳도록 넘는다

어둠이 찾아와도 폐광촌엔 불을 밝히는 이가 없다

옥수수알 한 줌

말도 많고 투정 심한
도시 변두리 아줌마들
시장 뒷골목 한 공터에
찰옥수수 영글었다고
웬걸 다정스레 모여
옥수수를 찐다
압력솥 한가득
김이 폭죽처럼 터져 오른다

유치원 꼬마가 와서 말을 던진다
"저기 저어 옥수수나무요. 방앗간에 강냉이 튀기러 왔
던 어느 시골 할머니가 심어 놓고 간 건데요."

평화 1

산맥 한 줄기 끝
높지 않은 산머리 푸른 솔숲은
어스레한 저수지에 제 그림자를 드리우고
날 저물어 귀소한
백로 식솔을 품에 품어 평안하다

살아있는 것에
초저녁 안식이 깃든다

평화 2

울렁출렁 일렁이는 청보리밭 푸르른 바람 소리를
보료처럼 나지막이 깔고

초봄 맑은 햇살을 덮고

외양간 토담 귀퉁이
마른 짚검불 베개 삼아
강아지 한 마리 소르르 조는

제
3
부

돌

보는 이 없어 더욱 외로운
담장 외진 쪽 공터
돌에
슬픔과 분노를 싸서
힘껏 던졌다

십 년

이십 년

삼십 년

세월이 흐른 후
그 돌은
잘게 부서지고

또 부서져

꽃을 피울 수 있는
사랑이 되었다

갈대 뿌리

메마른 언 땅 위

칼바람 속

함성 같은 저 긴 목

어디에서 저런 힘이 나올까

명주 실타래보다
잘게 뻗은 잔뿌리들
그의 중심 알뿌리를
수백 수천으로 이어주는
그들만의 강고한 연대성

그 광장을 찾아

소리가 있었지 가슴 울리는 소리가 그 소리 따라 이미 스러졌는데도 슬픈 너를 느끼려 이렇게 찾았지 광장으로 바람은 불고 먼지가 날아오른다 흑백 영상처럼 단상에 선 연사가 스크럼을 짜는 어깨들이 보인다 선동 소리에 빨라진 호흡 분노 섞인 함성이 들린다 꿈을 매단 깃발 속에는 살아남은 자들의 혼이 펄럭거린다 쓸쓸한 광장 샛바람 불 때서야 따스한 세상이 있음을 꽃눈 터트리듯 안 것은 아니다 겨우내 붉은 피 얼지 않은 채로 동토의 땅 속으로 흘러서 새벽마다 밤과 낮의 싸움은 피 붉고 봄이 터올 무렵 제 목숨 다 하기 전 꽃목 잘린 사연을 기억한다 상처와 소망을 끌어안고 피다 만 청춘 다시 흙으로 돌아가 꽃을 피우는 것일까 자꾸 잊혀져간 이름이 되는 것은 아닐까 이제 광장에는 버드나무 잎새가 날리고 휘영청 한 시대가 가고 한 생애가 가고

오늘 하루는 이렇게 살고

배밭 지나
솔숲 돌아
아침이슬 마르면서
햇살이 고이는 곳으로
관을 들고 간다
마지막 날숨이 멎고
세상에 고갤 돌리고
끝내 떨쳐버리지 못한 미련
상처투성이 생의 옷가지를 벗고
이젠 머언 나라로 홀홀 떠난다
산과 개울 사이
땅과 하늘 사이
좁은 산길 따라 낮게 깔린 연기자락마냥
산다는 일,
그 끝은 이렇게 허무한 것인가
생으로부터의 초탈은 진정 있는 것인가

영혼 없는 육신만이 누울 수 있는 빈 공간
숨 쉴 수 있는 기쁨이 기쁨이 되지 못하고
산 사람이 심연의 바닥에 제 슬픔을 덮는다
달구질소리도 들리지 않을
저 수만 겹 흙이불 속
망자의 길은 어디로 향하고 있는가
때론 기다림으로 살고
때론 그리움으로 살고
기쁜 일보단 슬픈 일들이 더 많다고 말하며
버거운 삶의 짐 다시 챙겨 들고
늙은 산길 아래
낮술 기운으로 비틀비틀 하산하는 조문객들
초췌한 뒷모습을 오래도록 본다

강둑길

나도 누군가의 길이 되어주고
다른 이의 길을 인도할 수 있을까

강둑길을 걷는다

길은 길을 만나 새로운 길이 되고
그 길은 한동안 시간 속으로 간다

언제부터인가

강둑길은

바람을 쐬고 싶은 것인지
물에 침잠하는 버드나무 잎과 더불어
바람 불어가는 곳으로 흔들리고

저물고 싶은 것인지
서녘 노을 쪽으로 긴 여정의 노곤한 몸을 눕히며
먼 길 오느라 수척한 별빛을 마주하고

흐르고 싶은 것인지
세상 더 낮은 곳으로 내려가다
제 할 일 다 한 후에 아득하게 사라지고

해안선 그 어디쯤 마지막 생을 내려놓고
봉분 없는 무덤 하나 만드는 것이다

봄은 가야금 산조다

겨우내
하늘과 땅
팽팽하던 고요
흙빛 냉가슴 마지막 구애가
오동나무 가지로
봄햇살을 모으고
샛바람을 부르고

이윽고,
새순이 통 터지듯
손가락 끝에서 줄이 운다

긴장을 놓지 않던
명주실 떨림

처음에는 진양조로
가면 갈수록 점점 신명나게
중중모리로
자진모리로

무수한 연초록 음파로 번지는

봄은
가야금 산조다

봄볕 속을 걸어

첫 가슴 연 색시
그리움 풀 듯
두건 꽃봉 몽우리 푸는 날에는
마냥 봄길을 걷고 싶다
둑방길
야산 언저리
민들레 제비꽃 밟힐까 두려운 봄날
이름 모를 들풀 산풀 더불어 푸르고
물소리 새소리에 싱그런 산하
점으로도 찍히지 않을 그 어느 곳에서
나는
나를 버리고 싶다
찔레 새순 하나에도 거짓 없어
그대로 당당한 빛깔 앞에
부끄러운 이여
다사로운 봄볕 속을 걸어

그대 보드라운 살갗인양
나의 살갗 대어보는 두견화 꽃사태
그 눈부심 속에

말의 길

〈빛이 있으라〉라는 태초의 말씀과

〈한 알의 밀이 땅에 떨어져 죽지 아니하면 한 알 그대로 있고 죽으면 많은 열매를 맺느니라〉라는 예수의 말과

〈번뇌의 근원은 욕망이다〉라는 석가모니의 말과

〈이 세상에서 가장 힘이 센 것은 인간의 정신이다〉라는 노자의 말과

〈그대들은 개나 돼지가 돼서 즐겁게 지내는 것보다 사람이 돼서 슬픔을 가져 보라〉라는 소크라테스의 말과

〈음악이 없다면 인생이란 하나의 착오일 것이다〉라는 니체의 말과

〈우리는 모두 한데 모여 북적대며 살고 있다. 그러나 우리는 너무나 고독해서 죽어 가고 있다〉라는 슈바이처의 말과

〈나는 죽음이 또 다른 삶으로 인도한다고 믿고 싶지는 않다. 그것은 닫히면 그만인 문이다〉라는 카뮈의 말과

〈사람이라는 것은 오래 사는 것이 반드시 축복이 아니

다. 어떻게 사느냐 하는 것이 문제다〉라는 마틴 루터 킹
의 말과

〈철학자들은 단지 세계를 서로 다르게 해석해 왔을 뿐
이다. 문제는 세계를 변혁시키는 것이다〉라는 청년 맑스
의 말과

〈스탈린을 제거하라〉라는 레닌 최후의 말과

〈회의에 빠지는 것은 나쁘지 않다 단 회의에 빠지되 아
무런 결론에 이르지 못하는 것은 잘못된 것이다〉라는 루
쉰의 말과

〈자본주의는 인간을 제물로 삼는다. 공산국가는 인간
의 권리를 희생시킨다〉라는 체게바라의 말과

〈'아힘사'를 통하지 않고는 '사탸'*는 발견될 수 없다〉
라는 간디의 말과

〈생각하는 백성이라야 산다〉라는 함석헌 선생의 말과

〈부처는 부처를 구원하지 않는다〉라는 성철 스님의 말과

············

············

〈시를 쓰면 배고프다〉라는 아버지의 말이 뇌리 곳곳에서 충돌하다 〈여보, 저녁 드셔야죠〉라는 아내의 말에 밥상머리 앞에 앉아 밥을 먹는다 밥알처럼 말과 말이 속안에 들어가 죽이 되고 똥이 되는 때는············

하여, 내 속에 막힌 말의 길이 열릴 날은············올까?

*

사탸ㅣ'사탸'라는 말은 넓은 의미를 가지고 있어서 진리, 진실, 정의, 궁극적 실재와 신, 이런 모든 속성들의 참된 실체라고 할 수 있다. 간디는 증오와 전쟁으로 인한 파괴 속에서도 인류생활이 지속되고 있는 이유를 파괴의 법보다도 더 고차원적인 '아힘사'의 법이 있기 때문이라고 생각하고, 그것을 적극적인 의미의 사랑, 자비, 관용, 동정, 봉사, 자기희생과 소극적인 의미의 非暴力, 不傷害라고 하였다. 따라서 '아힘사'는 수단이고 '사탸'는 목적이라고 할 수 있다.

어느 새벽에

밤새 뒤척이며 베갯잇과 노닐다가
묵묵히 제 갈 길 가고 있는
창의 새벽 기운 찾아
닫힌 사각의 방문을 연다

오랜 시간
가파른 골짜기를 지나온 바람은
드넓은 찬서리 들녘을 누비며
한 세계에서 자유롭고

호두나무는 까치소리를 이른 새벽에 품어
또 다시 한 시절 견딜 힘을 갖는가

여명은 어둠의 틈바구닐 비집고 들어가
가야 할 제 길을 넓히고

나는 어느 결에 몸 밖을 빠져나와
산정의 다복솔 머리 너머 새벽노을을 쫓는
붉은 마음을 본다

아침 반달

오선 전깃줄에 아침달이 걸리었다

저 산 위 허공에서
이 산 위 허공으로
적요의 밤길 혼자 오느라 체량이 줄었을까
밤새 허기진 새들이 쪼아 먹었을까
덩지 반으로 줄어 가벼워진 달은
줄에서 뛰노는 새들처럼 율동에 맞춰 음표가 된다
오르막과 내리막의 음역에서
귓바퀴 휘돌아 마지막에 머무는 파동의 끝은
이미 소리가 아니라 마음이 된다

마음의 숲

불혹의 나이 훨씬 넘어서야
내 안에도 숲이 있었음을 길이 열려 있었음을 안다
여러 꿈 중에 하나의 꿈을 쫓아 뛰어 오르다 보니
낙일처럼 꿈은 산정 너머로 점점 멀어지고
길은 벼랑 끝에서 더욱 아득하고
산안개가 마음으로 밀려와
스스로를 침묵 속에 가두어 놓는다
높았던 것들은 아래로 낮아져 엎드리고
온갖 꽃과 나무는 옷을 새로이 입고 자기를 마음껏 뽐
내는데
능선의 주목은 그늘을 쫓고 나이 들수록 그 마음은 붉어
홀로 정신을 기댄 채로 잠들고 싶다
나는 마음의 숲을 걷는다
지난 계절 상심한 낙엽은 이리저리 뒹굴다가
저를 버려 흙과 살을 섞고
이슬을 먹고

수맥을 타고
다시 연초록의 떨림으로 풀들을 깨운다
산새는 쉴 새 없이 울음 속을 날고
헛내지른 나의 말은 돌성을 쌓고 나를 가둔 채
돌벽의 공허한 틈 사이로 이끼를 틔운다
태풍에 쓰러진 나무는 썩었다
그 아름드리 밑동 껍질을 벗기니
개미들이 낮고 빠른 저마다의 선율로
안의 세계를 물어다 바깥 세계에 길을 낸다
입바람 불면 사라질 것들도 하루 끼니를 찾고
내일을 위해 창고를 짓는다
뒤를 돌아보며 한참을 걷다가
나는 돌뿌리에 걸려 넘어지고
가슴팍에 고인 검은피가 무릎을 타고 흐른다
상처 없이 사는 사람 있으랴만
상처는 쉬이 덧나 다시 노래가 되고

노래는 바람결을 따라 숲을 쓰다듬고 산을 넘는다
그러고 나면 비가 내린다
숲과 숲 사이
작은 계곡에서 빠져나온
맑은 물이
흐르고
또
흐르다
내 안에 고여
호수를 이룬다
싱싱한 호수에는 고요가 찾아온다
길이
탁,
트인다

제

4

부

이끼

숲속 오래된 나무 밑동에는 어김없이 이끼가 자란다

포자는 그늘이 있는 나무에게 가서
시린 발목에 맞는 양말을 짜 입힌다

낙화의 시간

누군가 울고 있다
바위 같이 구부린 등골 어디쯤
울음관이라도 있는지
등짝이 들썩거린다
목관절 부러진 벚나무 몸통이
숨 막히도록 컥컥 꽃을 뿜어내는 한밤중에
젖고 있는 공원 잔디를 쥐어뜯으면서 운다
세상의 모든 울음도
관계에서 비롯되었을 거라고 생각하면서
한 시간이 넘는 울음을 듣는 동안
그것도 가슴에서 내뱉는
고도로 응축된 언어임을 깨달았다
그 무엇과 소통하고 싶었던 것일까
그토록 절실히 풀어내고 싶었던 것은 무엇일까
토사물 묻은 무릎이
기도하는 자세로 기어가고 있다

한참 뒤,
무언가를 꾹 누른 듯이
혼자 부스스 일어나 길을 걷는다
울음이 꽃잎처럼 뿌려진 안개 속을
울음을 참는 힘으로 계속 걷는다

오른발 왼발

닭은 발까지도 안주로 내주고 있다
창공을 날지 못한 죄로
야시장에 팔려 나와
붉은 고추장 양념에 버무려진 매운 닭발들

뒤적거리다 생각한다
오른발일까 왼발일까
통통하게 살이 오른 그의 발바닥은 기억할 영토라도 있
을까

사육되는 것들은 너와 나의 구별이 없어서
홰 한 번 쳐보지 못한 날개는
오히려 촘촘히 붙어 지낸 동료들 체온에 더욱 익숙하다
별이 뜨지 않는 그 막사 안
땅을 박차고 지붕 위를 날아
멀리 별자리로 비행하고 싶은 들끓는 욕망이

땅바닥에 응어리진 문양으로 나타난다
별을 닮은 무수한 발자국
비릿한 사료가 속성의 시간 속으로 뿌려진 곳

살이 오르고 처음으로 축사를 나오던 날에

새가 되어 바람을 후렸을 발이
알을 낳아 알을 품어보지 못한 슬픔들이
술좌석 얘깃거리가 되어 오른다

나는 오독오독 씹히는 시간의 뼈대들을 뱉어내고 있다

똑같은 것은 없고, 다만 같게 보이는, 오른발 왼발

뒤뚱뒤뚱 귀가하는 저 취한 군상들의 닮은 뒤태

절명의 순간

집어등빛으로
저 만개한 백화의 수만 꽃잎들
낙화하는가
산화하는가

죽은 어족의 혼을 운구하는 물안개
처음 가보는 세계, 공중으로

낱낱이
솟구치다 몸을 뒤집으며 은빛 머리를 바람벽에 치받고
있는가
다시 못 올 바다 바람결에 생의 증표처럼 작은 등이라도
층층 꽂아 끼우는가

아주 오래된 병동 전면 유리창에 정오의 밝은 햇살이 정
면 충돌하여 산산조각 나던 그 날, 그 혼몽처럼

어둠에서 빛을 쫓던 플랑크톤, 매일 그것을 찾아 헤매던 멸치의 허기진 삶과 식역에 불현듯 다가온 죽음, 어부의 그물질 앞에서 물고 물리던 시간들, 그 경계의 마지막 눈부신 점멸

몇 천 킬로그램 바다를 들어 올릴 그물이 고래처럼 입을 크게 벌리고 있는, 배 한 복판에 어창이 묘혈처럼 숨어 있는

검은 바다에서 절명의 꼭짓점 환하게 넘고 있는가

하늘로 가는 외딴집

1
양철문이 하품하듯 바람길을 내주고 있습니다
오후의 고요를 마당에서 뒤란까지 보료처럼 깔아놓고
곤하게 낮잠을 잡니다
가끔 뒤척이며
감나무 그늘을 끌어다 배를 덮습니다
한숨 푹 자고 일어나도
열린 문밖은 지는 해를 오랫동안 마주하고 있습니다

2
앞마당이 넓습니다
여기에 실려 오는 것들은 모두 상처와 얼룩을 지니고
있습니다
무언가를 보호하기 위해
한때 자신을 송두리째 내던진 기억들이

하늘로 가는 계단을 한 계단 한 계단 쌓고 있습니다
그 무언가는
세상 어디쯤, 잘 지내고 있겠지요
시간 속을 나붓대던 구름 몇 장 발기발기 찢어 바람 속
에 뿌린 듯
파지들이 돌풍에 쫓겨 우듬지 위로 솟구쳐 오릅니다
글자들도 허공의 세계가 궁금한지 덩달아서 부양을 합
니다
세상 속에 뿌리를 내리지 못하고 부유하다 떠들어온 것들
남루한 옷차림의 노숙자 하나
등짐 가득 메고
이쪽으로 오는가 싶더니 곧 저쪽으로 사라져 갑니다
함석 담장 위를 타고 오른 담쟁이덩굴은
여린 손을 뻗어 하늘을 제 품으로 끌어당깁니다

3
고물상 늙은 내외가
언덕과 하늘의 경계를 먼지로 지우며
낡은 1톤 봉고 트럭 뒤 또 작은 집 한 채 싣고 들어옵니다

북소리를 반추하다

1
과녁을 조준하듯 정확하게 활시위를 당기듯 팽팽하게
통의 마구리에 소가죽을 씌워 맨다

몇 달 만에 침묵의 공방을 나온 통북

장인의 혼과 소의 울음이 스며들어 낮고 무거운 장음
을 빚어낸다

풍랑처럼 소용돌이치던 마음 속 파장

울림판을 울리며 북통 밖 사위로 퍼진다

2

몸이 해체되기 이전에, 그에게도 그만의 길이 있었을
것이다

보습을 세상 깊숙이 박고 앞에서 끌고 가던, 버려진 이
땅 어딘가 한 번 비옥한 땅으로 갈아엎고자 했던, 젊은 날
의 왕성한 혈기도,
저문 들녘에서 고단한 어깻죽지를 뒤돌아보고 마른 헛
바닥 심한 갈증을 삼키며 저녁 어스름을 건너가던 소슬
한 발걸음도,
달빛 드는 외양간 구유 기둥에 매인 코뚜레 그 고삐의
무게만큼, 밤하늘 어느 먼 별과 축축한 동굴 같은 눈동자
그 사이의 거리만큼, 어찌할 수 없던 굴레의 시간들을 새
김질하던 막막한 밤도,

두웅 둥, 두웅 둥, 죽어서야 세상을 울리는 소리들

누군가 그 뒤안길을 기억하며 시 몇 편 쓰고 가는 이도
있었을 것이다

화심花心으로 내려가다

1
물 길어 올릴 두레박이 사라졌다
큰 돌에 묶어 놓은 밧줄이 풀려
수면 아래에 몸을 숨기고 고개만 비죽 내밀고 있었다
유년의 어느 가을 해거름
나는 심한 갈급증에 두레박을 찾으려고
한 번은 꼭 가보고 싶었던 저 안,
우물 바닥으로 긴 사다리를 내려놓기 시작했다
한 발짝 한 발짝 뒷걸음질로 지상에서 지하로 내려갔다
점벙, 점벙, 뭇별들을 연거푸 퍼올리던 두레박질
별을 마시면서 별을 품고자 했던 소망들이
우물 안 쪽 젖은 돌벽 틈 사이 곳곳에 서려 있었다
나의 키만큼 될까
더하지도 덜하지도 않게 한결같이 평상심을 유지하던
우물물
샘구멍을 찾고 싶었으나 끝내 드러내 보이질 않았다

잠길 듯 말 듯한 줄 끝을 꽉 잡고
다시 위로 오르려는 순간,
어느 꿈속의 토굴처럼
참, 아늑했다
어스름에 나의 몸이 잠겨가는데도
시간이 멈추길 원했다

2
꽃, 속을 가만 들여다본다
우물에 가 닿았던 그 기억처럼
점점 나선의 원을 그리면서 안으로 깊어가는 꽃은
바람과 햇살이 한 점으로 고이는 우물이다
수천의 물방울 끌어 올려 샘솟는 한 점의 구멍
자궁까지의 길이 멀 듯 씨방까지의 길도 멀다
어떤 꽃은 지구를 닮아 원형이고

어떤 꽃은 우주를 닮아 타원이다
저희들끼리 서로 닮아 있는 꽃잎
밤새 흘린 눈물의 시간을
새벽마다 여린 손으로 받아 남몰래 삼키고 있다

부리의 연대기

날이 들 무렵
양력으로 구름 위를 활공하다
생각보다 앞선 습성으로 섬광처럼 포착한 움직임
순간, 급히 시위를 떠나
과녁을 향하는 화살처럼 시선을 놓지 않는다
끝까지 명줄을 지키려는 약자의 몸부림과
먹이는 한낱 먹이일 뿐
강자의 발톱이 사정없이 낚아채는
저 무림의 비장한 사투!
또 한 번, 벚꽃 낙화처럼
짐승의 붉은 피가 수풀에 뿌려지고
울음 묻은 깃털이 허공에 풀풀 날린다
바람이 되어 바람을 다스리는 날갯짓
노역의 고단함을 이끌고
다시 상승기류를 타고 솟아오른다.
창공에서 수컷은 암컷에게 먹이를 떨어뜨려 건네고

암컷은 또 그것을 받아
바닷가 암벽 위 제 집을 찾는다
날고기 단맛을 아는 부화한 새끼들
부리에서 부리로 전해지는 한없이 부드러운 모성
홀로 고공 비행을 마치는 날에
어미 품을 잊고 바람 속으로 떠나기 위해
녀석들은 틈만 나면 하늘에 대고 부리를 갈고 닦는다

금강송은 새 보금자리를 짓는다

1
소나무도 해를 거듭하다 보면
제 몸 깊게 패인 주름을 입는다
곡절 많은 내력 줄기마다 선연하고
밑동에서 우듬지까지 길은 멀다

푸른 외침으로
드넓은 하늘에 방사하던
무수한 부챗살 침엽들
다 어디로 사라져 가는가

마음길을 따라 가다 보면
평탄하지 않은 삶이 더욱 아름답다
슬픈 곳에 마음이 빗물처럼 고인다

2
한여름 폭우에 온 몸뚱일 잘 씻은
마을 선산에서 병마에 시달리던 금강송
발부터 머리 끝까지 보기 흉한 몰골
칡넝쿨이 감아 올려
엄숙하게 죽은 자의 염을 끝냈다

연포로 친친 감은 수의 위에
작은 조등인가
군데군데 홍자색 꽃이 피고
새들도 가끔씩 날아와
가늘고 긴 울음을 매달아 놓는다

3
더 오래 살아
어느 대목장의 눈에 띄었다면
'어명이요' 자기를 모셔 간다는 소리를 듣고
발목 아래에서 제상을 푸짐하게 받았을지도 모른다
몇 백 칸 궁궐 기둥이나 대들보
혹은, 나라님의 국장 저승길을 동행하는
목관이 되었을지도 모른다

죽어서도 미이라가 되어
제 자리를 꿋꿋이 지키고 서 있는
금강송
숲속 많은 벌레들이 찾아 와
온통 집을 짓고 있는
미물들의 새 보금자리
톱밥처럼 목질도 어느새 부드러워진다

고드름

이 추운 겨울밤
한 올 걸치지 않은 알몸으로
너의 이부자리 품에 스며들고 싶다
밤새 달아오른 정념
불면의 밤
단죄의 밤
긴 밤 내내
한 방울 한 방울 눈가에 쌓인 눈물
켜켜이 단단한 복층을 이루고

아침 햇살로 벼린 끝이
살촉처럼 예리하다

흔들린다

백양나무 잎들이 흔들린다

가지가 흔들리고 줄기가 느리게 흔들린다

우듬지의 새집이 흔들린다

기울다가 탄성으로 되돌아와 흔들린다

새알이 흔들리고 줄탁한 새끼의 시야가 흔들린다

숲이 흔들리고

산이 흔들린다

무한천공 구름이 빠르게 흔들리고

별자리가 흔들린다

가 닿은 내 마음이 흔들린다

흔들리기에 흔들리는 것을 본다

흔들리기에 흔들리는 것을 이슥토록 본다

一 발문 一

광장廣場에서 화심花心으로

김동경(시인)

누구를 안다는 것과 느낌이 있다는 것 중에서 어느 것이 그 사람을 좋아하게 만드는 데 더 많은 영향을 줄까. 누군가를 만나고 좋아하게 된다면 그 사람이 어떤 사람이라는 것을 알게 되어 좋아하게 되는 것일까. 아니면 먼저 느낌이 와 닿았기 때문일까. 모르는 남자와 여자가 서로 만나 사랑하게 될 때, 상대방에 대해 우선 끌리는 느낌이 없다면 알려고 들지도 않을 것이다.

그는 처음 만나는 사람에게 느낌을 갖게 하는 사람이었다. 우리는 오래 전에 평택 시모임 〈새물뿌리 문학동인회〉에서 만났다. 그를 만난 지 십수 년이 지났지만 예나 지금이나 그의 모습은 크게 달라지지 않은 것 같다. 그에 대한 첫 느낌은 부끄러움을 꽤 많이 타는 청년의 모습이었다. 평소 말수는 적은 편이지만, 다른 이들이 하는 말에는 즐겁게 공감을 하며 소년 같은 미소를 환하게 띄우는 사람이었다. 어려운 처지에 처한 이들을 보면 안타까워하고, 어려움을 같이 나누지 못하게 되는 경우에는 힘들어하기도 했다. '자서'에서도 짧게 말하고 있지만, 자신의 삶이 스스로 생각하기에 치욕스럽게 살고 있다면 돌멩일 들어 자신의 손을 찍겠다고 읊조리던 그의 모습이 생각난다. 술을 마시면 마음속에 담겨 끓고 있는 생에 대한 뜨거운 열정을 가끔씩 꺼내놓아 주변 사람들을 격정으로 이끌곤 했다.

한동안 우리는 교류가 없었다. 간혹 그가 어떻게 지내고 있는지 소식이 들려오곤 했지만 그를 처음 봤을 때 받았던 느낌 때문이었을까. 그가 시를 버리진 않았을 거라는 확신과 언젠가 좋은 작품을 우리에게 보여줄 날이 꼭 올 거라고 생각했다. 그런 기대가 있었음을 알았는지 그가 첫시집을 낸다.

4부로 짜여진 『하늘로 가는 외딴집』을 보면서 그의 삶이 이제는 '광장(廣場)에서 화심(花心)으로' 가고자 하는 영혼의 순례를 본다. 상당히 많은 작품이 '사라지는 것들', '소멸' 등과 같은 주제에 대해 말하고 있는데, 그의 나이가 이제는 지천명을 바라보고 있다는 점과 무관하지 않아 보인다. 사람이 나이를 먹는다는 것은 그저 세월을 지나왔다는 것이 아니라, 거리를 두고 삶을 바라볼 수 있는 눈을 지니게 됐다는 말의 다른 표현이기도 한 때문일 것이다.

1부에서는 유년의 기억을 통하여 지금은 사라져 버렸거나 사라져가는 것들의 허무함을 안타까워하고 있다. "스스로 제 위치에 나와 서있는 / 가을의 목숨들"(「가을의 양각」), '독사에게 먹히는 개구리', '두루미에게 먹히는 미꾸라지', '할머니 허리 닮은 봉분', "마을 어르신 중 한 분이 / 오늘 또 먼 길을 떠났습니다."(「할머니 젯날에 밭을 걸으며」) 등과 같은 표현에서 볼 수 있듯이, 유년 시절부터 겪은 수많은 기억은 지금 이 시간을 살아나가는 시인에게 삶이 어떻게 우리 옆에 있고, 그것을 또 어떻게 추슬러 나가야 하는지에 대한 잠언으로 다가가고 있다. 또한 그다지 유명하지도 않고, 어디에나 가면 쉽게 마주칠 수 있는 흔한 농촌 풍경이 그의 시의 유미적 본향임을 알게 해 준다.

만석이의 흑염소, 미군에게 시집간 기철이 누나, 이십여 년 동안 소식 끊긴 소꿉친구, 마늘 안주로 남은 소주를 마저 마시는 친구 아버지, 꺼먼 고무신 한 짝, 솔방울 난로, 풀무 돌려 청솔가지를 태우는 부엌, 쇠죽연기 등등 시골에 고향을 두었던 사람이라면 누구나 겪었던, 그렇지만 지금은 사라지는 기억들이 흑백영화로 상영되고 있는 느낌이다.

1부에서 보여 주던 그 따뜻함은 2부와 3부로 넘어 가면서 그가 겪은 군대 생활과 청년 시기의 기억에서 거친 격랑으로 물결친다.

소리가 있었지 가슴 울리는 소리가 그 소리 따라 이미 스러졌는데도 슬픈 너를 느끼려 이렇게 찾았지 광장으로 바람은 불

고 먼지가 날아오른다 흑백 영상처럼 단상에 선 연사가 스크럼
을 짜는 어깨들이 보인다 선동 소리에 빨라진 호흡 분노 섞인 함
성이 들린다

– 「그 광장을 찾아」 부분

보는 이 없어 더욱 외로운
담장 외진 쪽 공터
돌에
슬픔과 분노를 싸서
힘껏 던졌다

– 「돌」 부분

깎아지른 절벽 틈 사이
다리에 온 힘 쏟아 부으며
애송 한 그루
몸 기댄 채 겨우 살아가고 있다

멀리서 싸래기 눈발이 그의 뺨을 후려친다

순간,
하늘 한쪽 북 찢기고 목숨 하나 위태롭다

– 「지심도에서」 전문

그가 광장에서 돌을 집었던 시대, 해안에서 초병으로 근무서던 시대, 모두가 견뎌내지 않으면 안 되는 시간들이었을 것이다. 그렇게 삶을 살아도 되는 것인지 삶의 절벽에 나를 세우던 시절, 예기치 못한 채 만나게 되는 부끄러운 삶의 상황에서 발견하는 새로운 세상이 오히려 그에게는 시가 된다.

미조 북항 두 해안선 가랑이 사이에서 쑤욱 빠져나온 물새알 같은 작고 둥근 섬 미조도 동백꽃이 절경이다 동백꽃이 지천이란 갯사람들 소문에 귀가 번쩍 뜨였다 뱃주인 가로되 "저 섬이 전엔 왜놈 소유였는데 지금은 서울 어떤 재벌꺼라예." 막상 배를 대고 내리니 어느 서양 동화 속 멋진 성처럼 나무별장이 으리으리하다 근데 웬걸 송아지만한 불독 두 마리 험상궂게 달려들어 죽자 살자 나무에 올라탔더니 피다만 동백꽃이 우수수 떨어졌다

– 「어떤 낙화」 전문

밤새 뒤척이며 베갯잇과 노닐다가
묵묵히 제 갈 길 가고 있는

100

창의 새벽 기운 찾아
닫힌 사각의 방문을 연다

오랜 시간
가파른 골짜기를 지나온 바람은
드넓은 찬서리 들녘을 누비며
한 세계에서 자유롭고

호두나무는 까치소리를 이른 새벽에 품어
또 다시 한 시절 견딜 힘을 갖는가

－「어느 새벽에」 부분

유미적 상상력을 어려서부터 키워오지 않았다면 어림없었을
장면을 우리에게 보여 주는 위 작품들은 1부에서 보여 준 그의 유
년의 체험이 그가 격랑의 시대를 겪어내고 새로운 삶의 희망을 갖
게 하는 근원적 힘의 역할을 하고 있음을 말해 준다.
　하지만 삶은 그렇게 녹녹한 것이 아니어서 나이를 먹을수록 자
신이 헛내지른 말들이 돌성을 쌓고 자신을 가두고 있음을 깨우치
는 시인은, 불면의 밤을 보내고 붉은 새벽을 맞으면서 솔가지 탈 때
나는 연기 같은 삶과 싸운다.

불혹의 나이 훨씬 넘어서야

내 안에도 숲이 있었음을 길이 열려 있었음을 안다

여러 꿈 중에 하나의 꿈을 쫓아 뛰어 오르다 보니

낙일처럼 꿈은 산정 너머로 점점 멀어지고

길은 벼랑 끝에서 더욱 아득하고

산안개가 마음으로 밀려와

스스로를 침묵 속에 가두어 놓는다

(중략)

나는 돌부리에 걸려 넘어지고

가슴팍에 고인 검은 피가 무릎을 타고 흐른다

상처 없이 사는 사람 있으랴만

상처는 쉬이 덧나 다시 노래가 되고

노래는 바람결을 따라 숲을 쓰다듬고 산을 넘는다

그리고 나면 비가 내린다

- 「마음의 숲」 부분

혁명을 꿈꾸던 청년 시기를 보내고 현재는 일상의 굴레에 갇혀 살 수밖에 없는 평범한 생활인의 모습에서, 그래도 삶을 버티게 할 수 있는 것은 꿈을 꾸는 방법 밖에 없을 것이다. 불혹을 넘겨서 발견하는 '마음의 숲'은 그에게 안식의 가능성을 보여 준다. 그러나 그것은 꿈일 뿐, 현실은 그를 넘어뜨리고 피 흘리며 울게 한다. 그는 울음에 대해 이렇게 깨우친다. "세상의 모든 울음도 / 관계에서 비롯되었을 거라고 생각하면서 (중략) 울음이 꽃잎처럼 뿌려진 안개 속을 / 울음을 참는 힘으로 계속 걷는다"(「낙화의 시간」)는 것을. 그 울음들은 버려지고 잊혀져 가는 보잘 것 없는 것들에 대한 관심과 애정으로 나타나고, 진정 그가 추구하는 것이 그것들에 대한 사랑이며, 그 세계의 끝에서 그는 평화와 안식을 만나게 될 것이라는 믿음을 발견한다.

안주로 먹는 통통한 닭발에서조차 "그의 발바닥은 기억할 영토라도 있을까"라고 사유하며, "오독오독 씹히는 시간의 뼈대들"(「오른발 왼발」)을 유추하고 있다. 북이 된 소의 "몸이 해체되기 이전에, 그에게도 그만의 길이 있었을 것"이라며 소의 삶을 돌아보고, "두웅 둥, 두웅 둥, 죽어서야 세상을 울리는 소리들"(「북소리를 반추하다」)의 본원을 반추하고 있다. '잊혀져 간 것들', 혹은 '소멸하는 것들'에 대한 서러운 자각이 1부에서 보여진 것과는 그 색깔과 의미의 진폭이 전혀 다른 것임을 알 수 있다.

그러한 깨우침은 4부에 오면서 비로소 삶에 대한 너그러움으로 자신을 쓰다듬고 있으며, 진정 어떻게 살아가야 할 것인가를 고민하던 사람이 비로소 삶의 비의를 깨우치며 확대된 인식의 지평을 우리에게 고요히 전해 준다.

시집의 표제작인 「하늘로 가는 외딴집」에서 "여기에 실려 오는 것들은 모두 상처와 얼룩을 지니고 있습니다"라는 표현에서 보여 주듯이, 인생의 고물상에서 우리는 모두 생의 상처를 지니고 보잘 것 없이 하늘로 가는 계단을 쌓는 존재들에 불과한 것이라고 말한다. "보습을 세상 깊숙이 박고 앞에서 끌고 가던, 버려진 이 땅 어딘가 한 번 비옥한 땅으로 갈아엎고자 했던, 젊은 날의 왕성한 혈기"(「북소리를 반추하다」)로 사회변혁을 꿈꾸던 젊은 날처럼 시인은 다시 새로운 꿈을 꾼다.

> 나도 누군가의 길이 되어주고
> 다른 이의 길을 인도할 수 있을까
>
> ―「강둑길」 부분

그는 젊은 시절에 "슬픔과 분노를 싸서 / 힘껏 던졌"던 돌멩이들은 "세월이 흐른 후 / 그 돌은 / 잘게 부서지고 / 또 부서져 / 꽃을 피울 수 있는 / 사랑이 되었다"(「돌」)고 말한다. 거짓 없이 피어나는 찔레 새순의 "그대로 당당한 빛깔 앞에"(「봄볕 속을 걸어」)서 부끄러워하던, 광장에서 돌을 던지던 젊은 날의 시인은 이제 제 할 일 다한 후에 어떻게 아득하게 사라져가야 하는지에 대한 답을 찾은 것 같다.

> 다시 위로 오르려는 순간,
> 어느 꿈속의 토굴처럼

참, 아늑했다
어스름에 나의 몸이 잠겨가는데도
시간이 멈추길 원했다

2

꽃, 속을 가만 들여다본다
우물에 가 닿았던 그 기억처럼
점점 나선의 원을 그리면서 안으로 깊어가는 꽃은
바람과 햇살이 한 점으로 고이는 우물이다
                            - 「화심花心으로 내려가다」 부분

  유년 시절, 우물 아래로 내려갔던 독특한 경험에서 착상한 이 작
품은 시인이 추구하고 꿈꾸는 세상의 단서를 보여 준다. 어머니의
자궁 같은 아늑한 세상. 저희끼리 서로 닮은 꽃잎의 깊은 중앙처럼
우주의 근원 같은 평온함으로 가득한 세상이다. 그곳은 혁명을 꿈
꾸던 돌멩이가 잘게 부서져 이미 흙이 되어 꽃을 피우고 있는 세상
이며, "상처와 소망을 끌어안고 피다 만 청춘"과 "잊혀져 간 이름
들"(「그 광장을 찾아」)도 다시 되살아와 꽃눈 살포시 틔우는 길로
함께 손잡고 인도해 주는 세상일 것이다.
  그가 젊은 고뇌의 시절에 광장(廣場)의 삶을 살다가 고단한 생
애 한 지점 어느 여정에서 화심(花心)을 발견하였지만, 그는 결코

쉽사리 안식에 머물고 싶어 하지는 않을 것 같아 보인다. "마음길을 따라 가다 보면 / 평탄하지 않은 삶이 더욱 아름답다 / 슬픈 곳에 마음이 빗물처럼 고인다"(「금강송은 새 보금자리를 짓는다」)고 말하는 사람이 평탄한 삶에서 어떻게 안주할 수 있을 것인가. 안주하는 것 자체가 아름답지 않은 삶이라고 인정하는 것이며, 일상에 매몰된 삶을 혐오하는 생래적인 그의 결 고운 성정은 비록 어렵사리 발견한 화심(花心)의 경지가 동경의 세계는 될지언정, 결코 그가 머물러 있을 대상이 되지는 않을 것이 분명하기 때문이다.

백양나무 잎들이 흔들린다

가지가 흔들리고 줄기가 느리게 흔들린다

우듬지의 새집이 흔들린다

기울다가 탄성으로 되돌아와 흔들린다

새알이 흔들리고 줄탁한 새끼의 시야가 흔들린다

숲이 흔들리고

산이 흔들린다

무한천공 구름이 빠르게 흔들리고

별자리가 흔들린다

가 닿은 내 마음이 흔들린다

흔들리기에 흔들리는 것을 본다

흔들리기에 흔들리는 것을 이슥토록 본다
- 「흔들린다」 전문

그가 진정 한 사람의 시인으로서 앞으로도 계속 이 세상에서 흔들리기를 기원한다. 이렇게 흔들리는 세상의 울음을 알아챌 수 있는 흔들리는 눈을 가진 시인이 세상의 울음들을 읽어내고, 그 울음들을 고운 시편으로 우리 곁에 펼쳐 보여 주기를 간절히 기대하기 때문이다.